王司馬筆下的農婦

文——農婦　圖——王司馬

這幅王司馬彩色畫，是癩痢頭兒子陪老爸，在威斯康辛州Lake Mendota畔釣魚，
我曬太陽，聽鳥歌。
女詩人鍾玲教授，將這湖名譯為「夢他湖」，多浪漫的譯筆，美絕！

老農婦擊木柴，高唱：

天不老！地不荒！
時光留不住，流水潺潺！
親情永恆在，溫暖揚揚！
鱸魚湖面躍，和風舒暢！
父子同垂釣，樂滿人間！

大姐留念
司馬
八年
十一月冬日

序

永遠的王司馬

農婦

當年，我在「明報」。

《明報月刊》和《明報周刊》同一間大辦公室，我的座位在月刊，王司馬獨擁山頭，合併兩枱書桌，任由揮灑。我有幸成為他的近鄰。

多少年來，這年輕人的誠厚、寬恕，讓我獲得太多感悟，我敬愛他，疼惜他，時日深，相知深，感情更深，我們是忘年朋友，又如師生，如姐弟，如母子。

「明報」提供午餐，菜式豐富，掌廚廣東大嫂的手藝，絕不遜於大酒店，工作室多年輕人，愛活動，經常一窩蜂去餐廳飲茶。我和王司馬，留下享受好飯菜，和寂靜的時刻。

飯後，各捧一杯茶，開始聊天。

我們是兩代人，都有相當稚氣，他愛聽我的故事，甚至有蟲蟻闖進我家，他也有興趣，會問：「你家，窗簾上那隻金絲貓怎樣了？」金絲貓是蜘蛛的一種，顏色漂亮、個性好鬥，是孩子們喜愛的寵物。

我常將小生物擬人化，說記者是蠶蟲，頭頂觸角，像雷達般的探測新聞，很多腳便於跑新聞。王司馬說：「將蠶蟲作為記者的標誌，太適合了！」我是「蠶蟲族」，即使沒有公事，也會隨處跑，五湖四海，帶回的故事，必詳細給王司馬講述。他總是聽得那麼入神，邊聽邊動筆，便有了將近三百幅「王司馬筆下的農婦」。

其中有些曾用在農婦專欄插圖，其餘我珍藏著，直到如今。

謹以此書紀念永遠的王司馬。

目錄

3

舊識新交

農婦珍惜人與人之間的情感，朋友遍及世界各地，
走到那裡都不寂寞。「大姐媽」（DJM）是眾徒兒對她的暱稱，
大夥兒總愛與她傾談心事，往往皺著眉過去，笑著臉回來！
她就是大家的百科全書，
說歷史有歷史，聊人生有人生的大寶貝！

145

4

故國情牽

農婦對故鄉、對土地懷著濃郁情感，滿腔熱血，愛國之情尤烈。
打過抗日游擊戰、經歷戰火考驗的一代，永難忘的是流亡
和從軍生活。感性、念舊的她，魂縈夢繫祖國山河，
那一段艱苦亡命、衝鋒陷陣的血淚史，
歷歷在目，猶如昨日……

239

生活記趣

儘管逆著風，也要高歌邁步，是農婦形象的最佳寫照。
她性格爽朗瀟灑、自由奔放、粗中帶柔，擁有一顆很強的鬥心，
不斷的推動自己向前，緊跟著潮流學習新事物。
在大家心中，農婦善惡分明、擇善固執，
是個不折不扣頂天立地的人。

逆風中的傲氣——王司馬眼中的我。

堆雪人、擲雪球，是我幼年渴求的玩耍。
但是我是病娃，只能在旁觀賞。

少年時無論甜酸生果食物都甘之如飴，
管他橘子甜不甜，呼朋引伴的樂趣最是無窮。

「放河燈」是我國傳統習俗，通常在一些重要的節日如中秋、七巧、中元節等舉行，是為了對逝去親人的追思，對在世親朋的祝福，和對自身幸福平安的祈求。

兒時最喜愛「放河燈」，每到放河燈的晚上，都會興高采烈地聯同一眾小夥伴，來到溪水旁，點亮各式自製的漂亮河燈，把它們小心翼翼地，一個一個放入水中，讓溪水緩緩的帶動著每一盞燈，漂流到遠方。

小時養過不少的貓，其中一隻名「判官貓」；
臉毛一半白一半黑，無心找老鼠，卻喜歡喫蟑螂。
「判官貓」感情豐富，與我形影不離，
曾經被拐走，半個月後拖著一身瘦骨逃回來，
重逢的一刻多麼感動！

當年，《明報月刊》和《明報周刊》同在一間大辦公室，
午飯後，不必趕工的編輯孩子，喜歡聽我講故事，
大都是有關近代史的故事，皺眉的故事多，展眉的故事少。

水車集
鋤頭集
犁耙集

以「農婦」筆名出版的《鋤頭集》、《犁耙集》、《水車集》，
是我最初的三冊散文。
先是「明窗」出版，後收回版權，交「天地」一系列印行，銷量很難估計。
那年，「天地圖書公司」總編輯劉文良告知王司馬，這三本寶書陸續重印。
王司馬最喜歡這三本書，便有了這幅漫畫。

家住香港太古城，每晚都要爬格子。

「這文章寫得真好！」
少不了自我誇獎一番！

夜深了，扮演完「煮婦」的角色，
終於可以埋首書桌寫文章。
累了，抬頭伸展，
邊上的鏡子露出一副白髮蒼蒼的容顏。
思兒、思女、思徒兒、思老伴？

風聲雨聲可以是一種背景音樂，叮叮咚咚，把一切惱人嘈吵雜音隔絕。

攤開了稿紙，準備下筆，絲毫不受天氣影響呢。

寂靜的寒夜，鑽進被窩，背靠著枕頭，
舒服地讀著剛收到的兒子的家書。
自遠方傳來的問候與關愛，令寒夜不再那麼冷，
微笑也有如花兒般在臉上綻放。

家中翻閱讀者來信：

膝前讀者信　疑是舊家書
舉頭念百感　低頭思回覆
檯前粉絲信　疑似翻舊帳
舉頭望時鐘　低頭見周公

讀信是我的樂事。

那怕通宵達旦，每天必親回每一封信。
回讀者的信，是我生活的重要環節。

在香港家中的書桌上，有盆小植物，
入夜，開展的大葉子開始收攏成合掌狀。
同時，我在晚禱。

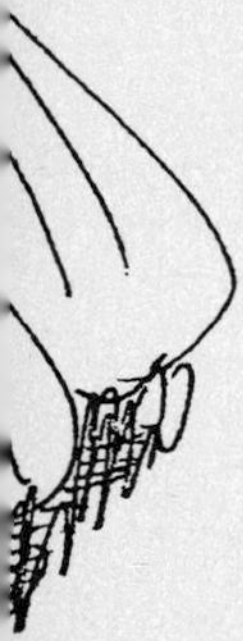

那年，探訪石壁青少年教養所，
我在教養所住宿一晚，
夜晚，和那些孩子們燒營火，吃吃喝喝，很開心！
他們怎會走上歧途？
我不解？
次日告別。他們只能在鐵窗內喊：「再來看我們！」依依難捨。

「鋤禾日當午，汗滴禾下土」，
我這個「中國莊稼婆」，總算了解農人勞作何等辛苦！

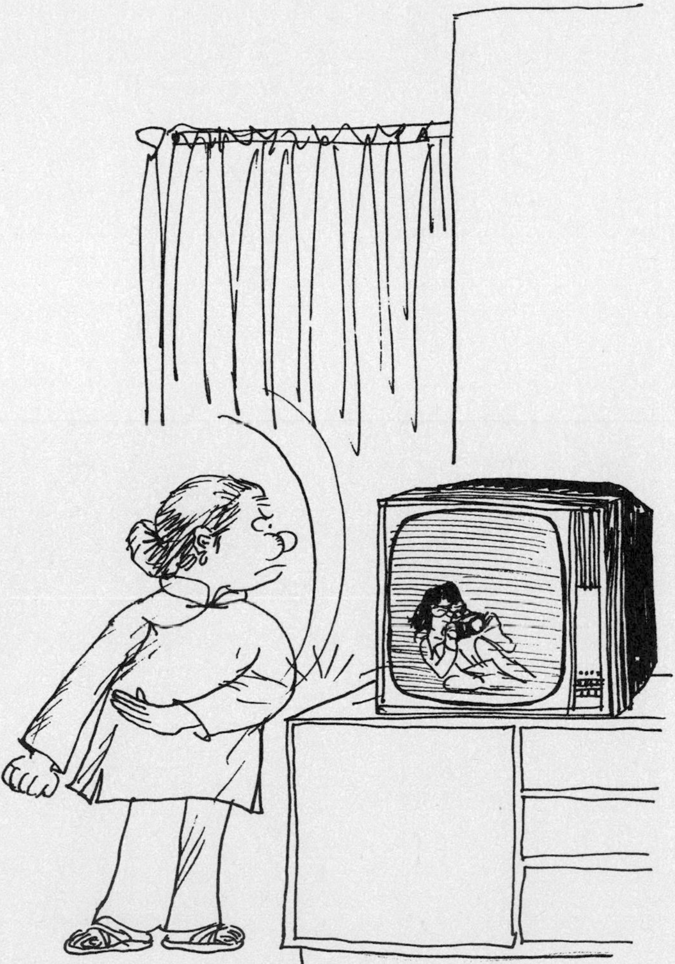

「昨晚看電視，竟然出現兒童不宜的情節！真想打爛電視機！」

大眾傳播的「社會責任」何在？

香港的小孩書包太重！

我不贊同香港只重知識、不重思考的填鴨式教育；
我的課沒有教科書、沒有筆記、沒有考試，只有思想！
想像力、啟發性和探索性，才是我想教的。

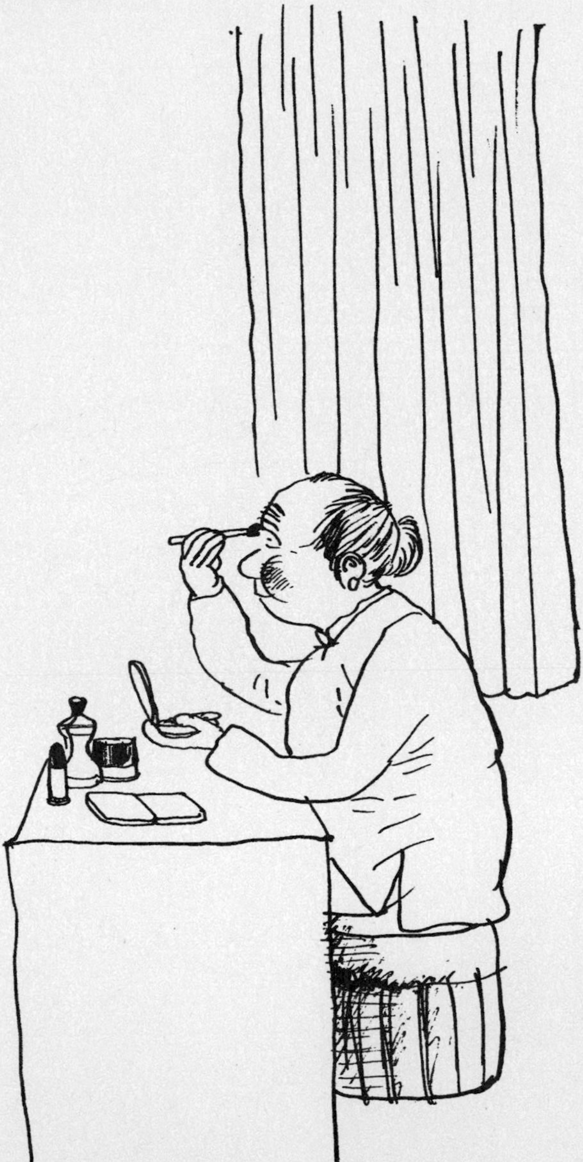

平日總是素顏、素服，
配一頭清爽短髮，
這回試試扮靚，
畫眉、抹胭脂、塗口紅……

噢！
為何這棵樹沒有樹蔭的？

幼吾幼！

跟小孩一起，最好教他們唱歌。

讓歌曲的旋律給他們源源的歡樂。

「讓孩子到我這裡來。」

我有一個心願，就是創辦一所幼稚園，
給五歲至九十歲的人入讀。
讓任何年齡的人，都有機會以幼稚園的學習方式，
去不斷學習並活出童真。

返璞園幼稚園
本園招生
報名請進

化身紅氣球，笑傲天際，睥睨一切……

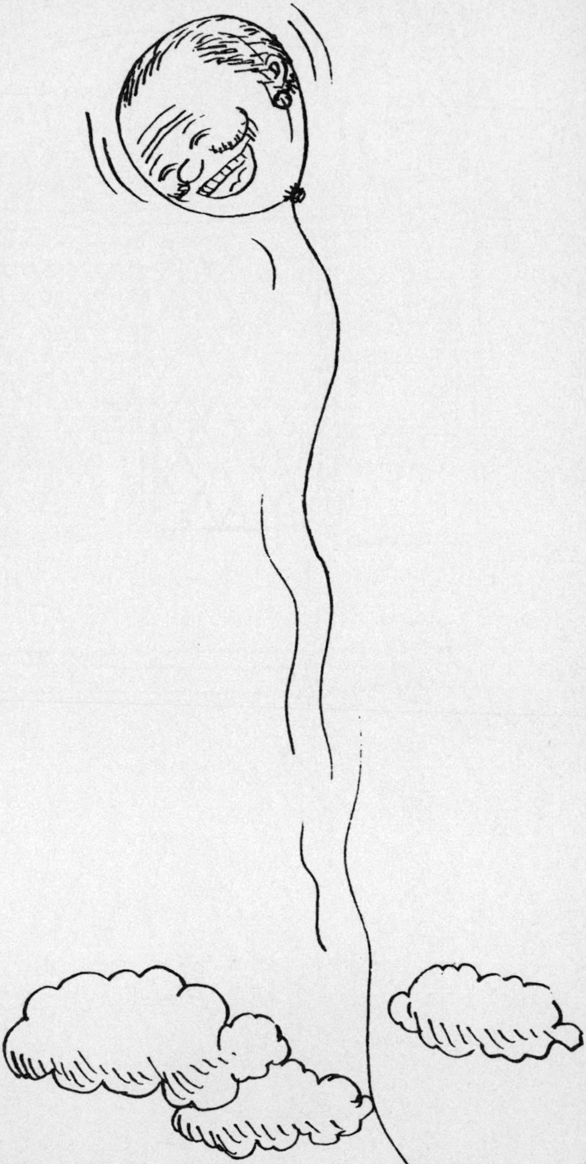

曾灶財*：「九龍差不多全歸於我，明日我去接收香港。」

農婦：「……」

*曾灶財，香港人，七十年代常於街道牆上及電箱上書寫大字，自稱「九龍皇帝」，擁有九龍地權，由於衣衫襤褸，語無倫次，很多人以瘋子視之。

微笑、鼓掌
歌聲
微笑、鼓掌
歌聲
微笑、鼓掌
歌聲
微笑、鼓掌
歌聲

用愛和寬恕去對待人。
遇到頑固的長官，遇著難纏的人和事，
不妨以微笑、鼓掌和歌聲去化解，
一旦破冰，一切事情都好辦。

這位頭戴烏紗帽、身穿闊官袍、右手執鐮刀、彎腰割水稻的大老爺，
是我決定投他一票的父母官。
他未必是一位能幹的政客，但至少是一位務實的官員，
比起那些祇懂抓權找利的執政者可強多呢！

台灣的士司機，
都是「馬路評論家」。

離開香港落居美國之前，曾在台南小住半年，
上市場買菜交朋友，攤主特地為我介紹好食材。

落戶異地前夕，
時正聖誕節，
午夜，去天主教堂祈禱。

美國開國初期，移民生活困苦，煮皮鞋充飢。

在威斯康辛州陌生地，
鄰居洋太太撿桑葚子做沙拉給我吃。

「美國月亮確實又大又圓，可惜在美國的天空！」
傻農婦痴痴的說。

在加州二戰老兵牧場跑馬，
海天一色，美極了！

野獸見到人，
心想：
那隻動物站起來走，
多辛苦。

日久生情，很多事和物，都無法忘懷。
好書舊了，更加是寶。翻開舊冊，赫見一條肥大書蟲。
「蛀書蟲，看你藏身這裡已一段日子，獲益良多了吧！」
「莫怪我下逐客令，今天且放你一條生路，別了！」
心中卻有點兒不捨，始終書蟲與我，都是愛書者。

田間見大雞小雞，看著看著，令人著迷。
母雞每找到糠殼碎米，即「咕咕、咕咕」的叫，召喚小雞來吃。
這是母愛，是無私的親情。
細察禽獸行為，也有其高尚品德和感情。不禁問：人是萬物之尊？

每種動物都有不同性格，
各有所長，平等共處，鳥獸皆可做朋友。
青蛙身手敏捷，會捕害蟲，又會鼓動嘴邊那個囊，
「呱呱、呱呱」唱不停。
小東西入水能游，出水能跳，有如游擊隊穿上保護衣，
不易被敵人察覺，最好玩尋尋覓覓。
那怕夏日長，有青蛙作伴，樂也！

飛禽走獸我都愛，唯一容不下的，是老鼠。
鼠輩令人厭惡的是那偷偷摸摸、暗中作祟的行徑。
若讓一隻進了屋，便永無寧日。
「老鼠，請你快快走，別再煩我！」
「再回來一定有人收拾你，不過那人不會是我。」
尊重天下動物的生存權，能放生的都放生。

在第四代個人電腦面世之前，電腦不只昂貴，更是龐然大物，
祇為政府機關或大型商業機構應用。
有些人不介意被電腦主宰生活，把它當神一樣去膜拜！

隨著科技發展，電腦應用普及，
我雖患有「科技恐懼症」，視電腦為「死的活物」，
但為了學懂操作電腦，擬好作戰計劃，選了一個晚上，向頑強敵人發動戰爭！
結果如何？當然是大獲全勝！

OK!

五十多歲時開始學英語，
在路上遇到鄰居，談話時回應一聲「ＯＫ」，把小夥子嚇了一跳。
對九十歲以後才開始學習用平板電腦寫稿及通訊的我，
說話中夾雜英文，當然也ＯＫ！

「這個老傢伙佔了我的座位」，
農婦皺眉了。

大半生從事新聞工作，自然對報刊的發展有切身的投入感。

近年眼見不少上百年歷史的高質素文刊，解散職工，結束營業，感到十分悲傷。

收到契仔從德國寄來的小丑玩偶，
掩不住那「打從心底裡發出來」的喜悅及溫馨。
小白屋內擺放了不少玩偶公仔，
而我珍惜的不只是玩偶，
是每一段記憶、感情、親情、友情、師生情。

一九七八年是米奇老鼠的五十歲壽辰，
為摯愛的卡通人物賀壽，送上無限的祝福。
祝願米奇長命千歲萬歲，
能為世世代代的小孩和擁有珍貴童心的成年人，
帶來無窮的歡樂。
希望米奇不會受到歲月的洗禮，
千百年後，
還是那麼的調皮、親切與率真！

太疲累，
躺進搖椅就熟睡了，
耳邊彷彿有胡琴聲，
我在異域街頭賣唱。
果真是荒唐午夢！

獨自在屋前的大樹下尋夢！
有沉壓的家國夢，有茫然的思鄉夢，
有暖暖的親情夢，
也有為身邊純真孩子們編織不老的夢，
當然還有天性使然、又瘋又荒唐的夢！

夢見自己穿上白衣褲、纏上紅腰帶，
奔於一群公牛之前。
沿著西班牙那青石老街，奔牛之路，
跑到布達拉宮了！

在泥土下，可埋藏了另一個夢？
是挖掘期待已久的寶貝，或是年輕時埋下的青春？

一個尋根的夢——
心裡想的可是湖南長沙那消失的祖居，
或是花果山水簾洞的小猴子？

要時時灌溉心田，
有了好的泥土和環境質素，
長出來的花果才會漂亮紮實。

當年率領的一支軍隊被日軍追趕緊迫，走投無路、無助無望之際，
忽然看到地上一塊閃亮的小聖牌，上面有著聖母的肖像。
就在此時，敵軍忽然紮營不再前進。
我緊握聖牌，感謝聖母帶領我們脫離險境，保存了士兵們的性命。
就這樣，我便成了一位虔誠的天主教徒。

其樂融融

農婦和「河馬先生」馬老爺兩夫婦有一種不能言喻的魅力，
能跨越地域，凝聚一班「人家的孩子」，
加上阿女和癲痫頭兒子，不管是在香港的住家或美國
馬里蘭州大學區的小白屋，總是充滿歡笑和樂，
永遠提供溫暖的懷抱、療癒的基地。

抗日戰爭勝利後，兩名曾英勇參戰的中華兒女，在南京舉行了婚禮。
年輕俊朗的新郎趾高氣揚，腰板挺直，笑得合不攏嘴，一副心滿意愜的模樣。
穿上典雅婚紗年方二十三歲的新娘子，
一手拿著鮮花，一手挽著新郎，笑意盈盈，幸福全寫在臉上。
這對新人就是三十多年後一班「衰仔衰女」的親親馬老爺和大姐媽。

我的老伴，年輕人稱他河馬伯伯，不愛水，愛草原。

馬老爺喜愛攝影，
而我對這玩意兒沒輒，一竅不通！

與馬老爺肩並肩相倚在青草地上，仰望藍天，

忽然看到在兩朵白雲間出現一群鳥兒，架起了一座鵲橋。

農婦：「我想起唐代劉禹錫的詩句：如今直上銀河去，同到牽牛織女家。」

馬老爺：「好肥美哦！用燒還是炆好呢？」

遊德國野生動物園，遇上一對駱駝。
農婦：「我們交個朋友吧！」
河馬伯伯：「你也來試一口這個，哈哈！」

和馬老爺育有一子一女，「好」字一個。
對於那些失去家庭的孩童，格外心疼，
希望能以呵護和關懷，補上點點他們渴望的家庭溫暖。

河馬伯伯病了，但他的臉上還是展露出笑容。
這都是因為「人家的孩子」悉心照料，使他老懷安慰。

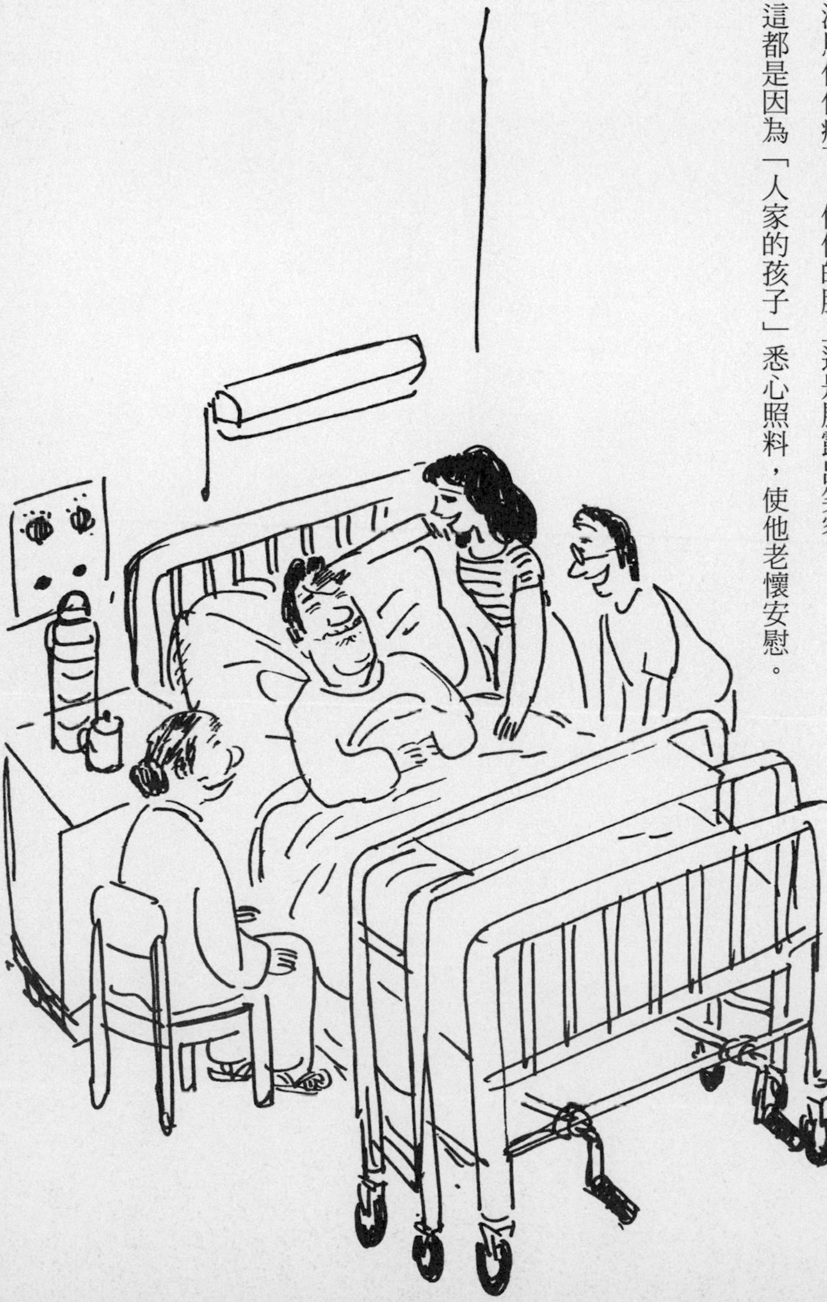

王司馬給老伴和我的標準造型，
兩隻小鳥是阿女和癩痢頭兒子。

癩痢頭誕生於香港荃灣。

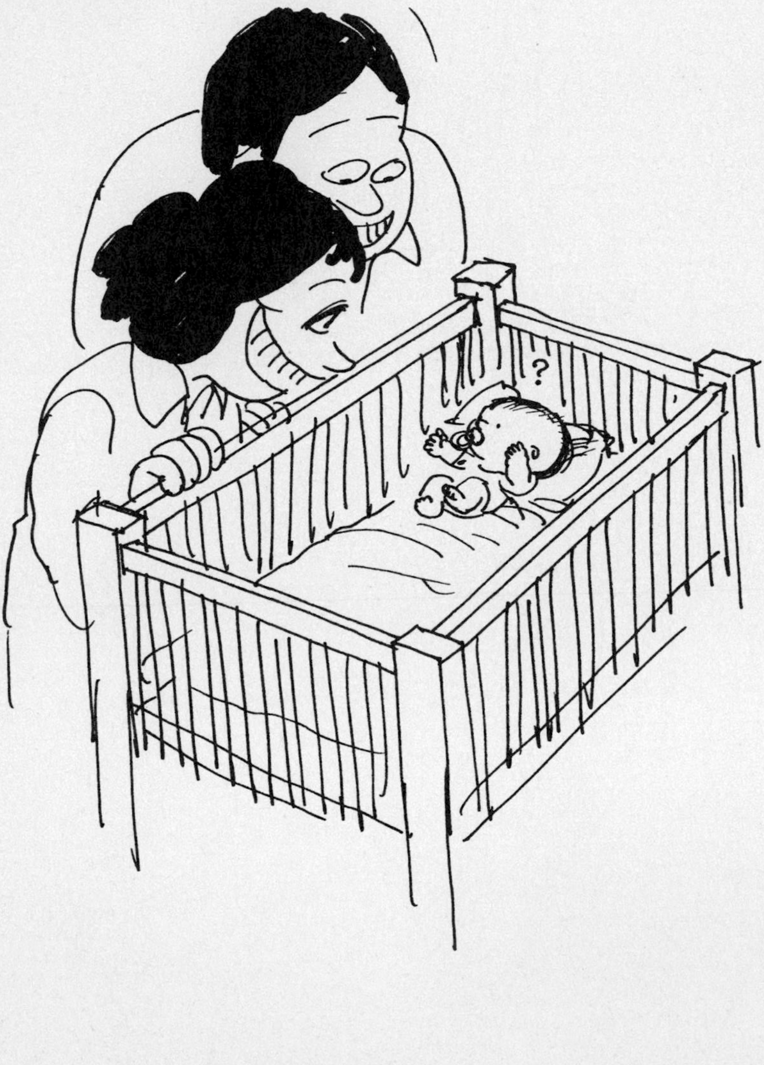

小姐姐初見弟弟：「這個小動物是我的弟弟！
多可愛啊！」

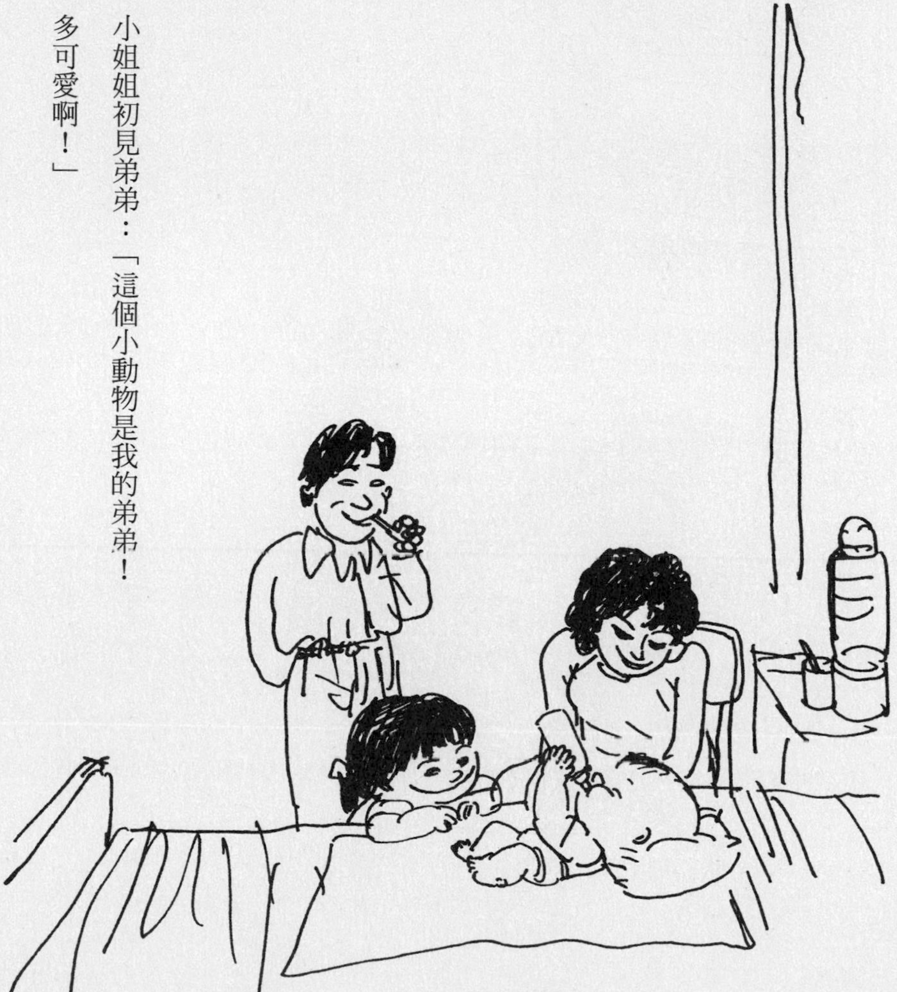

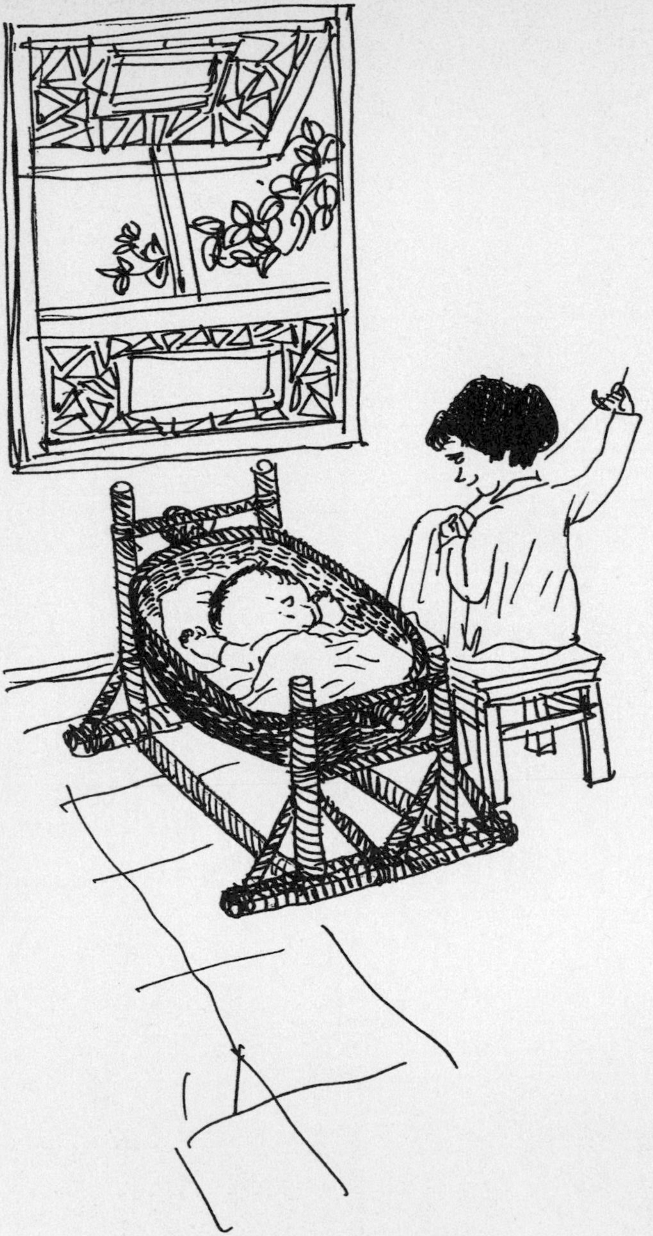

癩痢頭出生時，家境十分清貧，
小癩痢頭只有一件衣服，
是從床單剪下一塊布一針一針地做的。
至今，癩痢頭仍珍藏著這件寶衣。

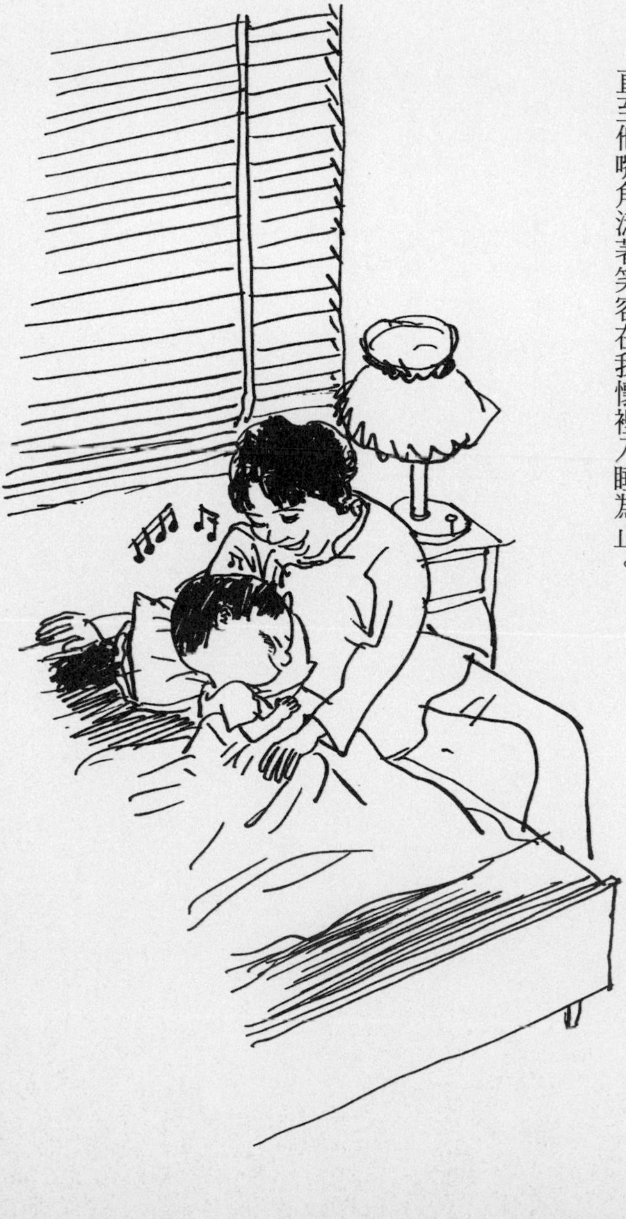

兒時的癲痢頭很會撒嬌，每晚定要聽我唱催眠曲才肯入睡。
無論寫稿有多忙，只要癲痢頭的睡眠時間一到，
便立刻把工作擱置下來，哼唱兒子愛聽的催眠曲，
直至他嘴角泛著笑容在我懷裡入睡為止。

孩子們小時候喜歡在窗前玩耍，
累了就睡，陪著他們是一彎明月。
看著孩子，希望時間靜止在那一刻，
但願他們永遠快樂。

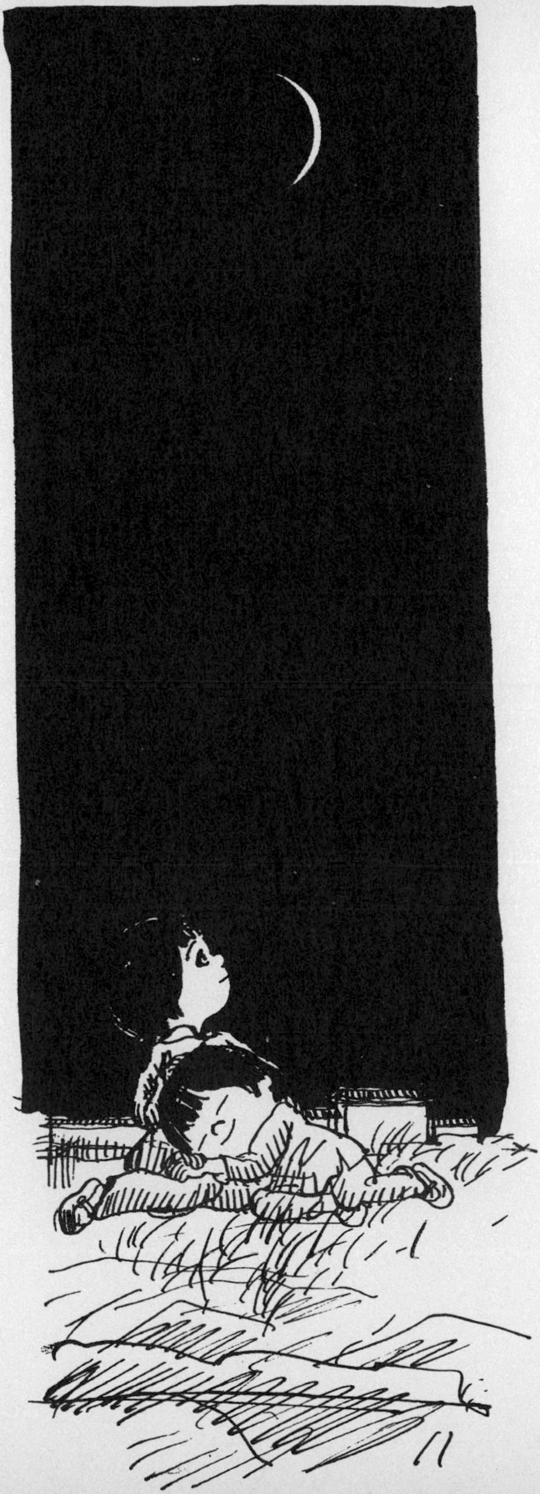

與馬老爺在田間汗流浹背地辛勤耕作，
年幼的女兒和癩痢頭，下課後趕回家燒好飯，
跑到阡陌上，大聲呼喚爹媽回家共聚天倫。
好一個和諧融洽，充滿溫情的畫面。

媽，晚飯時候了！

癩痢頭幼年，放學回家，庭院竹門上，有隻金龜蟲在吮葉汁。
他最愛金龜蟲，為了不想打擾牠，只好從門下爬進來。

癩痢頭有一套西遊記畫冊，和小朋友共讀、討論。

癩痢頭幼年，沉迷連環圖畫《水滸傳》，
在作文中寫著：我家有隻貓，名「矮腳虎王英」。
老師批：以後不許看小書。

左爺爺（我的恩師，近百年史權威左舜生教授）
看到批語，很生氣，對癩痢頭說，
告訴你的老師，要多讀古典文學。

癩痢頭的生肖不是猴，
但老媽是齊天大聖孫悟空的後代，自然也遺傳了猴性，愛通山跑。
朋友來找他，老媽和姐姐唯有隔山叫喊：
「癩痢頭，快快回家，開飯啦！」

癲痢頭發現窗外有一鳥巢，不時傳來飢餓幼鳥呼叫母親餵哺的聲浪。

癲痢頭不勝其煩，「太吵耳了！」

原來是家燕，這種燕不怕人，樂於寄人籬下，建立家園。

這燕巢可不能動，小燕子平平安安在這裡寄居，長成後自會離去。

社團請我頒發「傑出少年獎」，
第一名領獎人，竟然是癩痢頭。

癩痢頭十七歲離家到美國升學，
寄回家的平安信，是一張卡片——
一隻老虎，虎眼掛著一滴眼淚。

癩痢頭在美國唸書，
除了越洋通信外，還每月給他打電話，
雖說是閒話家常，聽到兒子的聲音，
心窩裡還是暖暖的、甜甜的……

癩痢頭的洋同學到訪，我請他們喝枸杞煮雞湯。

癩痢頭在美國讀書，完成研究院那年暑假，曾回香港。他敬愛的查媽媽（金庸前夫人）帶他去避風塘，享受香港特有的風味，還召喚三個燈歌艇，讓出生香港的癩痢頭，多聽廣東曲。癩痢頭醉在鄉音中。

第一次拜訪親家，也就是媳婦的爸媽，
契仔阿雄建議我攜帶的禮物是：
用藍色印白花土布，包裹三十個雞蛋，一隻肥母雞。
很有農家氣氛。

那年，在加州，
我要駕駛滑翔機，癲痢頭堅決制止，
母子倆吵鬧半天，終於讓我去牧場跑馬。
他根本不知道，現在駕駛滑翔機比跑馬安全，
因為滑翔機有雙重護傘。

夏天在加州的家中燒柴火。
躺在地氈上蹺起二郎腿，享受那份熱上加熱的酷熱感覺。
站在一旁的老伴和坐在旁邊的癩痢頭被我逗笑了。
火爐旁一家樂「溶溶」！

和老伴享受居家閒暇，靜聽鳥兒的清脆唱和。
癩痢頭和媳婦看著好天氣，跑來邀請兩老外出散步。
「老爸老媽正在嘆世界，
你們沒有看到我們臉上掛著 Do Not Disturb 的表情麼？」

女兒和癩痢頭飛了！
和馬老爺雖然口中不提，心裡卻掛念得緊。

抗戰勝利，我從前方回家，隨即前往四川，母女剛團聚又要分離。
母親寫了封信給我，全信是用詩句，我一直留在身邊。
至今，加框架掛在桌邊牆上。

我母親是一位教師，文學修養甚高，並精通琴棋書畫。
當年上海的聖約翰和光華等大學的學生常來向她學習，請她分析國情世局。
在我房裡掛著一幅母親手寫的信，
每當看到母親的字跡，便會憶念年幼時依偎著母親，向她說悄悄話的情景。

我幼年，母親家務忙，教學忙，
長我十幾歲的姐，便承擔了教護我的責任。
她喜歡薑花，每逢薑花季節，我會每天給她買一大束。
而今，姐棄我走了，
美國沒有薑花，改用其他花束插在她的照片前。

老姐喜歡檯鐘，三姑六婆說，送「鐘」和送「終」同音。我只好買錶。

老哥是京劇迷，也是名票友，老來多病，對京劇思念極深。
我六十歲那年返鄉，他含著眼淚說：「你還能唱一段嗎？」令人悽然。
京劇四團知道了，便勸我試吊嗓了，練功架，
在該團戲碼「穆桂英掛帥」中，演出了半場。

舊識新交

農婦珍惜人與人之間的情感，
朋友遍及世界各地，走到那裡都不寂寞。
「大姐媽」(DJM) 是眾徒兒對她的暱稱，
大夥兒總愛與她傾談心事，往往皺著眉過去，笑著臉回來！
她就是大家的百科全書，說歷史有歷史，聊人生有人生的大寶貝！

良師難求，有人終其一生都未必遇上一個，
我何其幸運，有機會遇上良師：
左舜生先生為我授業解惑，鄒韜奮先生影響我投身新聞界。
一彎蛾眉月高掛天空的夜晚，前往墓園拜祭大學老師。

恩師左舜生教授，告誡我：
「不必用華服裝飾自己，
穿破舊衣又如何？但求穿衣的是人。」
多嚴重的訓誡。

有新儒學重鎮之稱的徐復觀教授，博古通今，文史俱精，
我很喜歡他的著作，尤其是他寫的政治評論。
他的經歷更令我有一份特別的感覺，
畢竟大家都在那大時代同呼吸、共命運。

讀大學時，和家人失去聯絡，
同學陸長剛講笑話逗我開心。

在杜拜結識的一位洋人教授，他是中國通，精通七國語言。
在會議中認識，從早上就一直黏著我，談到日落西山，談到月亮高掛。

一九七〇年初，與德國總理威利布蘭德（Willy Brandt）談東進問題。在海邊漫步，於輕鬆的氣氛下討論嚴肅的話題，取得了理想的結果，是一個難得又難忘的經歷。

（威利布蘭德總理一九六九～七四年任西德總理，以和蘇聯集團和解的新東方政策打開外交僵局。為此他在一九七一年成為諾貝爾和平獎得主。）

德國柏瑪將軍的愛馬棕色，我告訴他，「很像我的戰馬老戰士。」
他沉思一會，扯開嗓子唱「和平進行曲」。
他的馬聞歌搖頭擺尾，似很欣賞主人的歌喉。

跟隱居瑞典的中國通談二戰。

正當我在訪問一位德國中國通，
有台灣記者來訪問我，
我要她第二天再來，
她要求留下學習訪問。

非洲動物學家——各士，和他的野生動物朋友老熊。

一代雕刻大師朱銘曾塑造一個農婦雕像，作品卻被盜去了，經電視主持呼籲，竟離奇地被歸還。看來盜亦有道，這賊可能同時是朱銘和農婦的粉絲呢！

丹扉是台灣名作家，
下筆尖銳，是非分明，
我很欣賞她，特從香港赴台灣拜訪。

蒙古人的刀，象徵著佩帶者的尊嚴，一般刀不離身，也不易交給別人。
蒙古大漢朋友竟把自己的佩刀贈予我，自是欣喜舞弄，笑逐顏開。

去國幾十年，今趟回來專誠去探望兒時的玩伴——

著名漫畫家豐子愷的長女豐陳寶，即讀者非常熟悉的漫畫人物「阿寶」。

在尋找地址的路上，遇上了一位大個子老好人，把我領到阿寶姐的家。

門打開時，三人都開懷大笑，皆大歡喜。

「阿寶姐那麼老啦！還撐著枴杖哩！」我心中嘀咕。

畢竟豐子愷叔叔也去世好久好久了！還記得幼年阿寶姐才七歲，比我大兩歲，

一晃眼數十年便過去了，唉，我們都老啦！

——但是，老又怎麼啦！我還是要歌唱逆風中。

「阿寶姐！我是淡寧妹子，帶了香港最好的漫畫家王司馬的作品來看你啦！」

現在，王司馬走了，阿寶姐也走了，心痛啊！

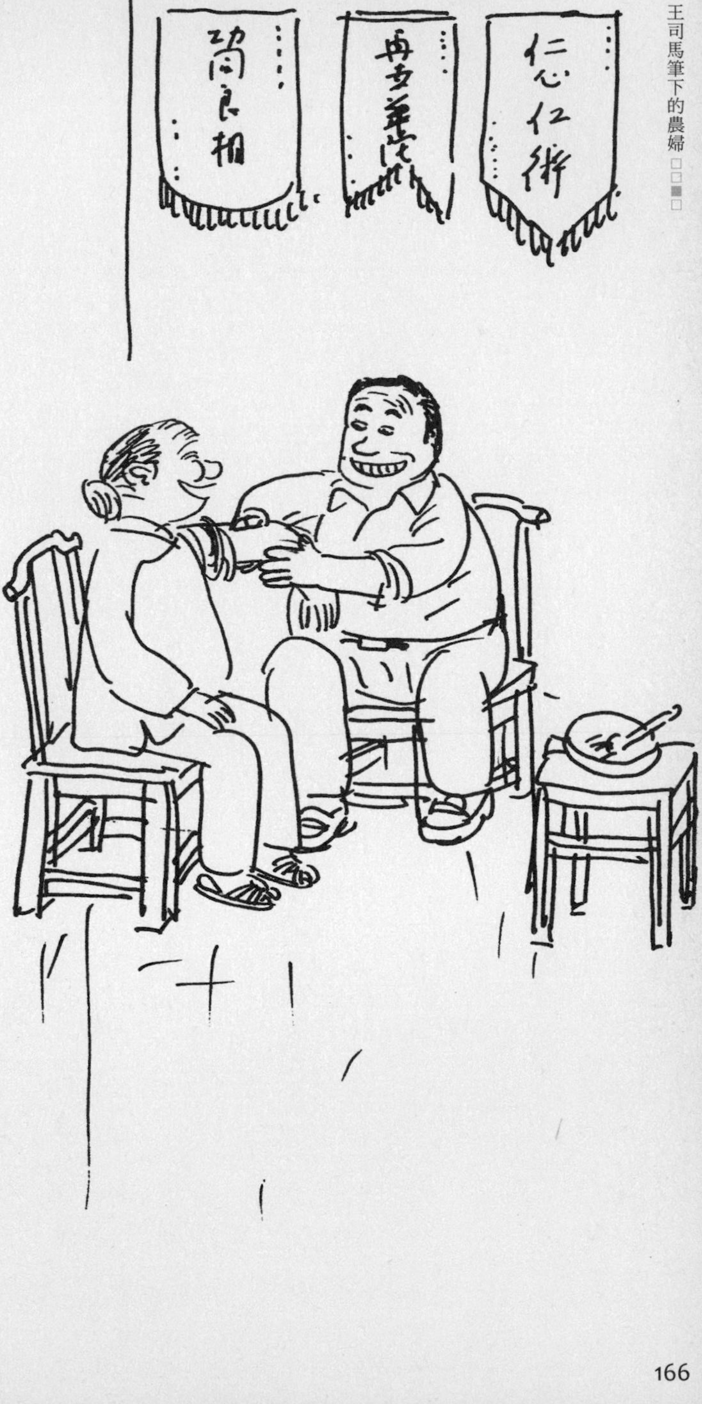

治療手肘的傷，與跌打醫生閒話家常。

醫生說：「人生在世，要的是一張床，一碗飯而已，爭什麼？」

他不僅能醫治肉體傷痛，連心靈健康也顧及，「仁心仁術」當之無愧。

契爺陪牛仔放風箏，我在旁欣賞，小狗蹦跳表示很高興。

＊契爺和牛仔是王司馬先生所創作的人物。

以色列復國，在歐美的以色列著名的學者、企業家、科學家，
紛紛回國參加重建田園。
他們放棄在外國一切成就，獻出財富、最新科技、建國藍圖。
而缺乏的是人力。
於是，又一批批專家、學者回國。
有記者想求證，在工地大喊一聲「Doctor」，所有勞工應聲「Yes」！

DOCTOR!
YES!
YES!
YES!
YES!
YES!
YES
YES!

台灣《聯合報》來了個名記者丘彥明做訪問，
大家惺惺相惜，十分投緣，訪問內容談不完。
丘彥明即時叩頭拜師，回去寫了洋洋三萬字。

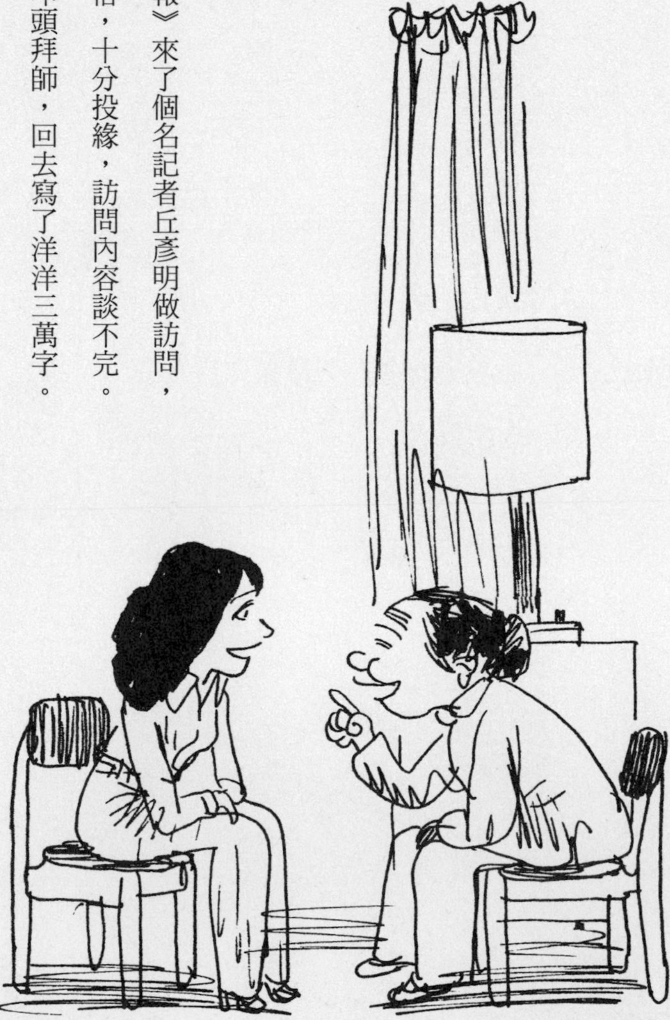

丘彥明在完成訪問後，和我到陽明山溫泉洗浴。
彥明不好意思一起下水，便在旁伺候，我則快樂地享受著片刻寧靜。

翁玉林，是老伴的學生，愛跑步。在香港時，總是跑步來我家。

晴也跑，雨也跑，由香港大學跑到柏克萊大學、哈佛大學，

終於跑進世界科學殿堂。

今日，是國際著名的太空科學家。

與夥伴們在昆明的大學農場開心下田插秧，
那種快樂和滿足感，是何等的基本與單純！

契仔小顧這下可樂了，不單在歐洲談成了一宗生意，
還和洋人大談中國文化，接受瑞典電視台採訪。
小顧央求契媽做一套中式長袍，契媽當然不會讓他失望。
就是這件獨特的傳統服飾，
使他成為活動中焦點人物，贏來不少豔羨的目光。

華航飛機在馬尼拉失火，航機空服員都從駕駛艙緊急救生梯逃生，
空姐王文驊投入火海，拯救了三百多名乘客，獲全球空中英雄獎。
初次見她，少年夥伴蔣老二認為我愛年輕人，身邊應該有這麼個好青年。
於是，王文驊就成了我的義女。

美國黑豹黨是源於六十年代加州奧克蘭區三藩市附近的黑人民權組織，當年學生運動和民眾運動都十分活躍，是傳媒的熱門話題。我曾訪問其中一個高喊「和平」與「愛」口號的年輕領袖——「黑小子約翰」。三十年後兩人還保持聯絡。

與柏克萊大學年輕學生笑談官僚。

「自人類有國家有政府以來，就有官僚，就有官僚主義，
西方有，東方有，那裡都有。
中國有幾千年的歷史，因此她的官僚主義也特別的根深蒂固，
更要命的是官僚主義跟貪污牢牢的結合起來，
你要反對官僚也必須同時反對貪腐，可難呢！
小伙子，相對來說，你在你的國家反對官僚可簡單輕鬆得多了，哈哈……」

四十幾年前，美國威斯康辛大學和柏克萊大學多反叛學生。

那天，有柏克萊日本名教授訪問威斯康辛，大受學生歡迎。

日本教授得意忘形，用餐時，說：

「還好！美國在食的方面還有相當水平。」意即美國在退後中。

旁邊有瑞典女學生，把一盆忌廉湯朝他頭上潑去，吼道：

「別忘了！美國是日本的救命恩人。」

香港的五十年代，生活艱苦，物資匱乏，是「一家八口一張床」的年代。
我的中學學生，爸媽離家工作，她一肩扛起照料家庭重擔，
下課後，要先打理家中細務，照顧好年幼弟妹，才能夠溫習功課。

我的青年朋友陸離愛貓，把貓窩安排在書櫃上。
看來，她的貓並不高興。

六十年代青年多苦悶，徬徨，情緒低沉。
我能做的，只是炒一碟蛋飯，盡可能安慰。

與「大個仔」促膝談心，雖只有十數分鐘，
卻湧流著彼此寶貴的人生閱歷。

與年輕朋友在大自然中散步，
傾談心事和探討問題，是一大享受。

「你現在就像一隻刺蝟，太多防備，不願意給人接近。
放下吧，孩子，你會有一個不一樣的天空和人生。」
年輕人，打開心胸，來「抱抱和親一個」吧！

身為年輕朋友的「生命指導顧問」，
當他們帶著不同的困惑來求救，
我會堅定地對他們說：
「愁什麼？即使前面是一堵石牆，
闖過去！石牆只是你的幻想！」

有位年輕朋友，對行醫感到失望，正苦惱於何去何從。
我鼓勵他追求自己的理想，
不要從不喜歡的選擇中取捨，應該找個自己能做大貢獻又開心的地方。
年輕醫生終於到了非洲，不但工作愉快，還在當地成了家呢！

印象派畫展，有青年在題為「禪」的畫前，倒立欣賞。半晌，喃喃自語：「要了解禪，好辛苦啊！」

禪

和水禾田看書畫展，他看的是畫家的用筆與氣韻，
我打量的則是那頭壯健、充滿活力的水牛。
原來大家各有懷抱，雖看著相同的畫，所想的事情卻大不一樣。

這個在的士跳出來的青年人，拉著我不放。
原來是我的粉絲哩！

我是「人之患」，
會「誤人子弟」呢！

在香港浸會大學以普通話授課，
在當時可說是「來自星星的教授」！

三十多年前就在課堂實施自由行政策。
上課從不點名，同學們不單不缺席，還一早就坐定等著聽課。
課堂上常常充滿笑聲，下課後還被簇擁著「補課」去……

頑皮的學生愛搗蛋逗弄，經常扭作一團。
層外有層，層上再加一層，這樣層層疊疊好像在打美式足球。
師徒間的籬笆沒有了，課堂內笑作一團的機會不少。

一個炎熱的下午，率領眾衰仔衰女逃課。
乘車到窩打老道的紅寶石餐廳，掏腰包請眾人飲冰……
「大出血」！

與衰仔討論一個較嚴肅的題目：「你怕什麼？」

「擔心電腦會控制人類！」「心儀對象不接受表白！」「未能勝出跆拳道大賽！」

「唔識答！」……衰仔們全說些不正經的，真想激死我啦！

在香港住家附近的休憩花園，
是我和年輕朋友及徒兒們密談的基地，
總是接到電話就出來「應診」。
夏天的晚上，會準備兩枝雪條，
冬天就改成薑茶。

遷入太古城後，家就成為一班衰仔的新「浦點」。
坐在鐵杉木造的餐桌旁，天南地北，無所不談！
衰仔進門時皺著眉頭，離去時滿臉笑意！

幾個徒兒聚在一起，說起各人鍾愛的歌曲。
有人喜歡勵志的“The Impossible Dream”，有人愛堅持自我的“My Way”，
某同學說：「我的家在東北松花江上，那裡有森林煤礦……
令人振奮的『松花江上』！」卻遭眾人噓拍馬屁。
哈哈哈，這是我的至愛之一……樂透了！

當年主辦《新聲》雜誌時，
曾與各大專學生討論推動「中文成為官方語文運動」。

不要盲目依從世俗常規。
我曾對徒兒說：「我不贊成『麻將大會』式的婚禮，
我幫助你們私奔！」

帶香港浸會大學的徒兒們去台灣觀察新聞出版事業，
找老友招待這些香港孩子大啖蒙古烤肉和土雞，
也趁機找台灣的楞小子們「瘋」一下！

帶著衰仔衰女衝出香港到台灣交流，
就像一群小鴨尾隨著鴨媽媽！
十一天的台灣遊，
後來成為衰仔衰女腦海裡最難忘，最鮮明，
最愛回味的一段記憶。

率一班衰仔衰女到台灣開眼界，入住僑光堂。

月黑風高講起鬼故事……

很多不可思議的事，只是我們不明白而已，其實無需恐懼。

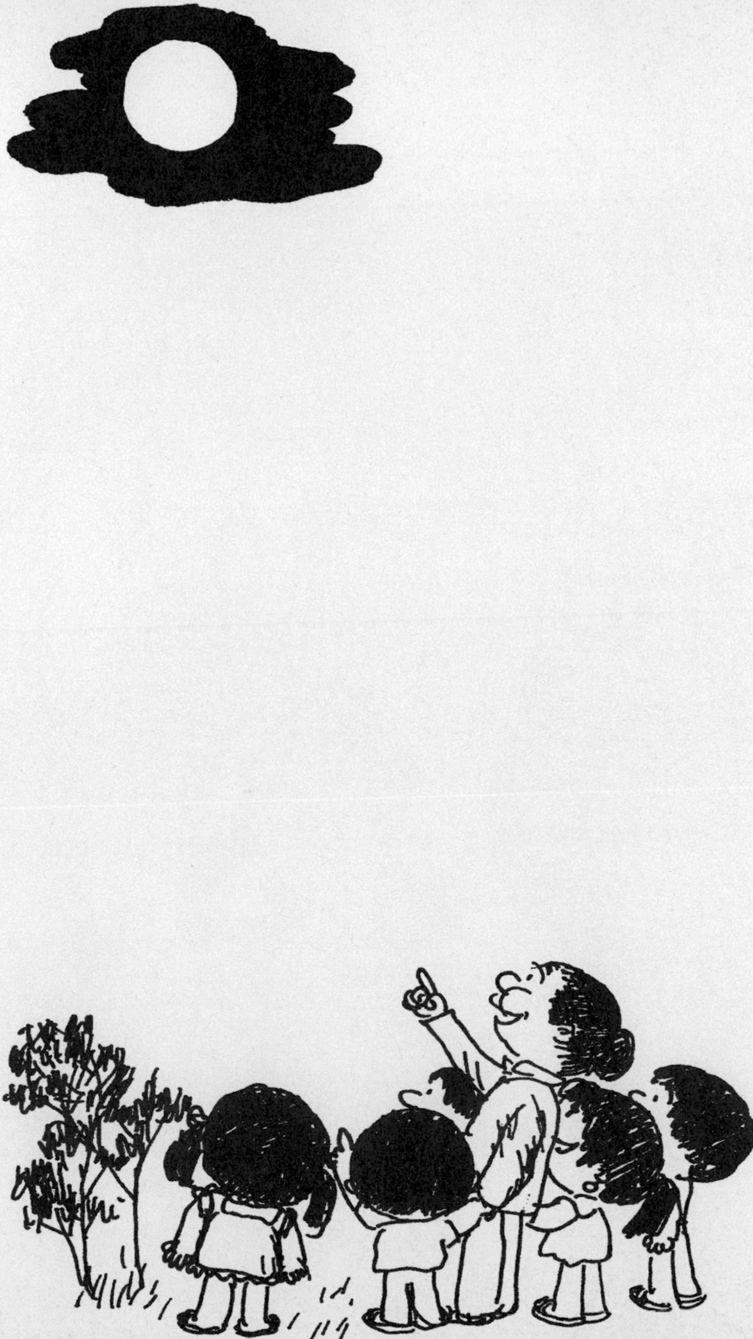

在台灣溪頭木屋前，一班衰仔衰女扮著小矮人，
高唱「七個矮人」歌：
雪姑七友七個小矮人……
七個人有七張凳……
把我逗得開懷大笑。

來到運動場，接受「人家的孩子」的挑戰，鍛鍊筋骨。
脫掉那雙熟悉又舒適的農家布鞋，
換上「人家的孩子」送的一雙新球鞋，
為的是與他們一起跑步，一起瘋。

加油
啊，農
媽。
你跑快
点，因住我
綁好鞋帶
就爬你頭

我離香港，落戶異域前夕，林翠芬難受極了。

我說：「翠兒！別難過！人生原是流浪。」

阿五來信：「我終於找到失散九年的姐姐！」

在佛羅利達州中國大餐廳，
老闆的兒子在餐廳托盤賺學費，不足數才由父親補貼。
我們談得投機，他告訴我，今年中學畢業，學校給他全額獎學金。
好孩子啊！

一九八〇年，我曾回國。
回家拆看信件，其中有銀行年輕職員的信，說他在醫院裡，
希望在動手術前見我一面，我立即趕去醫院。
天可憐見，終於讓我握住他的手，送他進手術室。

衰女雀躍地審視著雙腳，那剛刷完的皮鞋何等亮麗！擔心衰女吃醋，說我只顧與衰仔們喝啤酒、踢足球，重男輕女，所以接受了王司馬的建議，為衰女「擦鞋」！

二〇一一年，

從美國回港參加了徒兒們為我舉辦的九十歲壽宴。

看到徒兒們的痴愛呵護，深受感動。

回美後，借王司馬先生這圖，寫了一篇禱文：

主啊！請賜給我的衰仔衰女們

強健如壯牛

快樂如春雀

智慧如海洋

心胸如日月

感恩感恩！

衰仔衰女用心灌溉我，心情漂亮，人也漂亮。

無論已經過了多少個寒暑，在我眼中，這一班徒兒，永遠都是不會長大的孩子。

「一日衰仔衰女，一世衰仔衰女」！

故國情牽

農婦對故鄉、對土地懷著濃郁情感，滿腔熱血，愛國之情尤烈。
打過抗日游擊戰、經歷戰火考驗的一代，永難忘的是
流亡和從軍生活。感性、念舊的她，魂縈夢繫祖國山河，
那一段艱苦亡命、衝鋒陷陣的血淚史，歷歷在目，猶如昨日……

別忘根！

「這幅故國山河畫軸，你要仔細觀賞，或多或少能認識我國山河之美。」

洋人懷念祖先是一束鮮花，我們則是一柱香。

中國人有很多節日傳統，
像端午節就有吃粽子、佩香囊、掛菖蒲等習俗。
歲數越長，就越會懷舊，
沒有回憶的人生會是多麼的蒼白。

我告訴水禾田，回到故鄉母親的懷抱，
她會給你更多的靈感。

西湖楊柳依依，繫不住鄉人。

契仔卓雄，二戰後回國。

在火車中，低沉的說：

「幼年，生母帶我離國；長大，義母帶我回鄉。

阿女在歐洲火車中告訴我：這是他們這一代的悲哀。」

從軍抗戰日子，帶領湘戰三隊，騎著馬，穿軍服，腰插槍枝，好不威風。

那匹馬，載人出生入死。

半個世紀後，換了個場景，處身加州牧場，人已是一把年紀。

晨風曉霧，與癩痢頭兒子和牧場主人一同策馬，原來還有力量飛馳。

這匹馬，載人奔向遠方回憶。

在上海，我九歲那年，農曆新春，哥哥帶我去閘北。
有流浪白俄伸手討錢，我把衣袋的壓歲錢給了他。
他說：「祝福你們，永遠有安定的國，溫暖的家。」
今年我九十四歲，仍然記得這幾句話。

日本侵略我國，佔領東北，中央按兵不動，舉國狂怒，
上海各大學生抗日救國會，寫血書要求政府抗敵出兵。
當時，我幼年，印度看門人曾送我一柄小摺刀。
我摸出來朝手臂猛刺，血流如注，大學的哥哥姐姐們都哭了。
這是我第一次為國家流血。

日本侵華，全國學生掀起抗日運動。
在上海，英租界軍警用救火水管沖擊學生遊行隊伍。
大學守門阿伯抱著倒地的學生，指著軍警大罵：
「你們是狗種！只會欺負孩子！不是人！」

日軍侵入華北，舉國燃燒反日怒火，
上海大學生群集「先施」、「永安」、「大元」三大百貨公司，搗毀日貨，
印度巡捕做著鬼臉，把學生朝出口追逐，好像在玩遊戲。
百貨公司損失慘重，無人被捕。

一九三二年初，上海發生了「一二八事變」，
上海青年發起抵制日貨運動，
連低班小學生和幼稚園生也加入，組成「跪哭團」，
由老師率領著走入商店，勸告人們罷買日貨。
國難當前，稚子也懂得愛國！

老伴給我買了座大留聲機，用來專聽抗戰歌曲。
歌聲將我帶回少年時——
為前方將士捐募寒衣，
跟大學高班同學街頭賣唱時的情景。

抗戰時東西南北四處「竄」跑，
在中國近代歷史巨輪滾動下，
結交了不少大江南北、五湖四海的相知好友，
在苦難和危急當中一起成長。
偶爾有機會再與這些朋友相見，分外珍惜。

在台灣看京劇，小武生的演出虎虎生威，身手了得，眉宇間透著英氣，
年紀輕輕竟有大家風範，著實令人傾倒。
到後台探望，小武生彬彬有禮，應答得體，
他的少俠形象和氣度，令我想起青年時在戰地認識的「江湖客」。
在那些苦難的日子裡，不乏「江湖客」挺身而出報國扶危，
展現時窮節現的人性光輝。

投入過抗日戰爭的，聞雞啼總有份安全感，

有說：「雞鳴早見天，有雞的地方便有游擊隊。雞鳴不絕，中國不亡。」

小雞只會聽從母雞鳴聲。她一叫，孩子都來了，依附在左右。

這母雞可不同呢！一聲號令，人家的孩子都召來了。

不知哪來的「瘋」主意，跑到加州聖荷西市學習駕駛直升機。
在直升機葉轟鳴下，想起那段艱苦亡命，槍林彈雨的日子，
但也是熱血滿腔，敢為家國赴湯蹈火的歲月。
身為當年湘戰三隊女隊長，與戰友衝鋒陷陣，保衛家園，
一切歷歷在目，猶如昨天。

火車沿著湘粵線，經過舊戰場。兩旁的電線杆，不徐不疾的後退。

一幕幕烽火連天的情景，湧現眼前。

當年率領湘戰三隊，與一眾戰友寄身槍林彈雨之間，

負傷的兵士，忍受著肢體殘斷的痛楚，無助地等待救援！

全賴白衣戰士悉心照顧，在醫療物資短缺的環境下，給予愛心和精神上的支持。

抗戰末期，因被日軍射傷腰間，子彈打斷肋骨，戰友將我送回後方治療。
需要移植胸骨，但當時醫院的物資嚴重短缺，只能用死者的胸骨接駁，
於是這「借來的骨」跟著我幾十年了！
那時的主診醫生是荷蘭人，懷著愛心和奉獻的精神來到中國救治傷員。
面對大量的急症，很多時候需要連續作戰幾天幾夜，竭盡全力，
將處於生死一線的戰士，從死神手中奪回來！

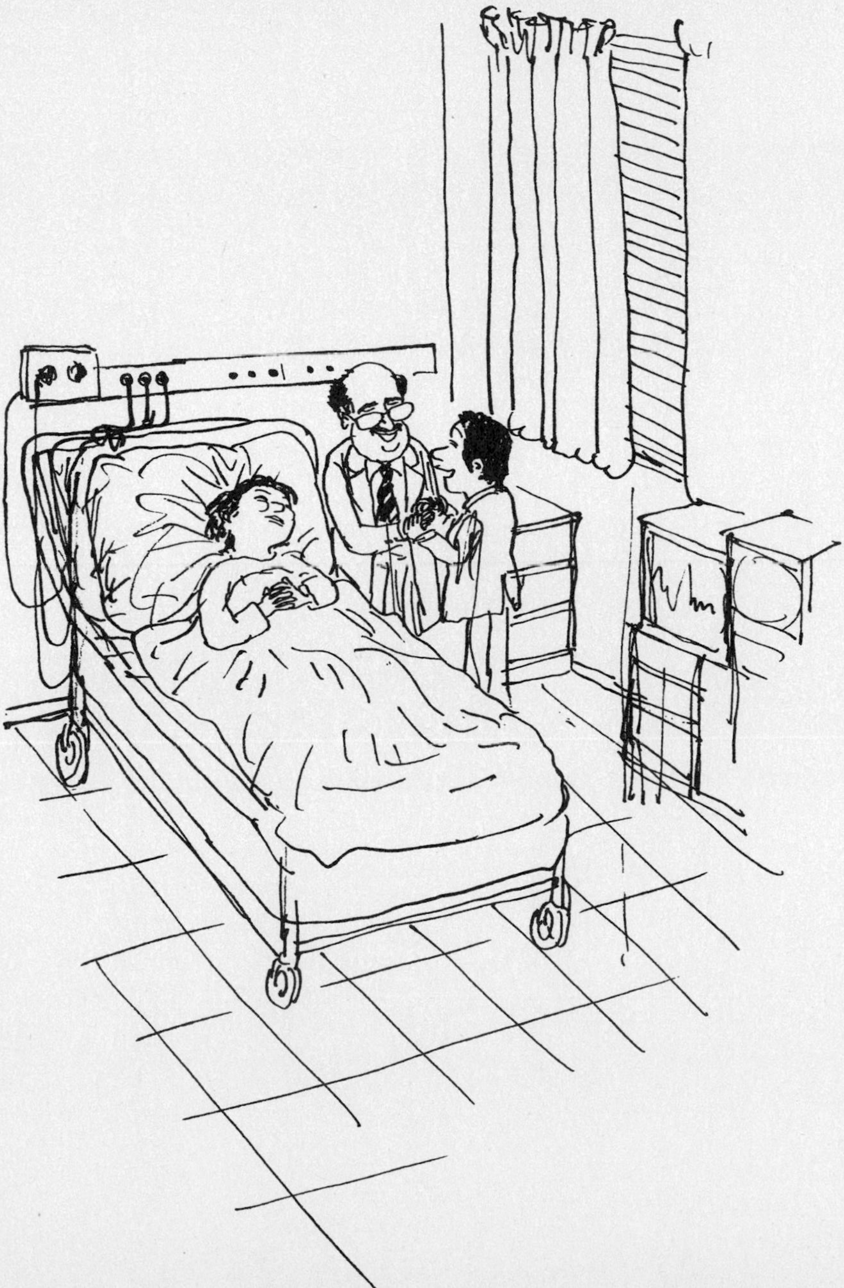

人一生中總會對某些日子念念不忘。
對當過游擊隊、上過前線殺敵的我，
「九一八」是一個永遠不會忘記的日子。
它影響了我的一生，更改變了中國近代的歷史。

18
星期日
17
星期六

二戰時，日軍派出戰艦「出雲號」侵入上海黃浦江口。
戰後「出雲號」退役時，特撰文警告日艦勿再進入中國海域。
從此向戰爭告別，向戰爭帶給人類的苦難告別，
向戰爭帶來的所有悲痛回憶告別。

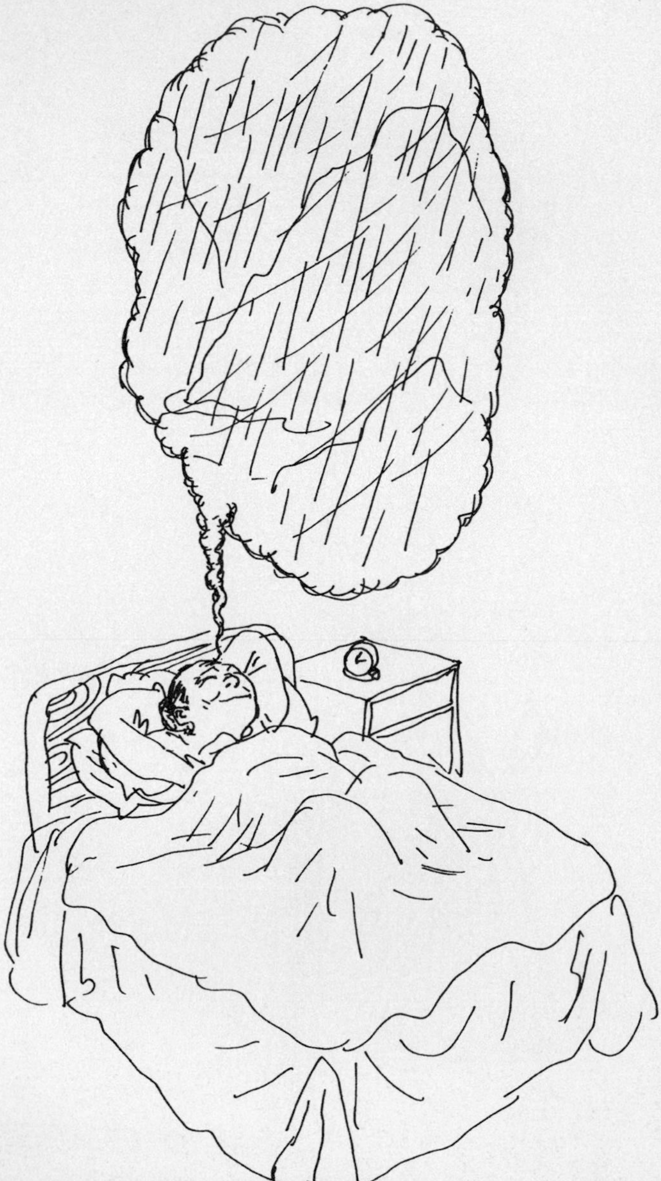

夢中回到戰時：
深夜行軍，飢寒交迫；風越吹越烈，雨越下越狂。
山道細長，有走不完的路。
想當年有多少年輕人轉戰萬里，飽受戰火煎熬；
內心的創傷可曾平服？
或是隨著年歲的增長，傷痛已經變成斷斷續續復發的舊患！

本書由農婦和香港浸會大學同學共同執筆，除農婦外，其他撰文者如下：

（按姓名筆劃順序排列）

何國禮 Peter Ho 頁187，201，225，266
余沛怡 Arthur Yu 頁24，108，191，243
余潔雲 Wanda Gill 頁33，116
吳蓓蒂 Betty Ng 頁13，38
李藹治 Tina Lee 頁26，70，146，184，256
梁璟意 Kitty Leung 頁14，28，77，97，110，132，174，217，226，232
陳蕙蘭 Agnes Chen 頁88，106，107，122，138，152，235
陳耀文 Edwin Chan 頁199
陸嘉敏 Carmen Luk 頁64，65，66，69，98，118，159，170，248，265
黃鐵雄 Wong Tit Hung 頁200，206，207，212，237
楊祖賜 Edgar Yang 頁39，40，41
楊新民 Nelson Yeung 頁95，134，203，210，222，272
葉啟恩 Simon Yip 頁10，73，76，151，161，171，193，194，209，274
雷文華 David Loie 頁130
潘順蓮 Cora Poon 頁30，43，45，221
黎　略 Lai Lat 頁46，48，49，51，54，166，214
盧婉文 Yvonne Lo 頁198
賴永雄 Franky Lai 頁17，44，52，80，83，85，101，269，270，277
謝路青 Eric Tse 頁75，86，100，179，188，204，236，261
鍾天法 Daniel Chung 頁92，149，162，165，176，180，262

國家圖書館出版品預行編目（CIP）資料

王司馬筆下的農婦 / 農婦文；王司馬圖.
-- 初版. -- 臺北市：遠流，2014.06
面； 公分
ISBN 978-957-32-7419-3（平裝）

855 103008636

王司馬筆下的農婦

文——農婦
圖——王司馬

主編——曾淑正
美術設計——丘銳致
企劃——叢昌瑜

發行人——王榮文
出版發行——遠流出版事業股份有限公司
地址——台北市南昌路二段81號6樓
劃撥帳號——0189456-1
電話——(02) 23926899 傳真——(02) 23926658

著作權顧問——蕭雄淋律師
法律顧問——董安丹律師

2014年6月1日 初版一刷
行政院新聞局局版台業字第1295號
售價——新台幣320元

ISBN 978-957-32-7419-3（平裝）

遠流博識網 http://www.ylib.com E-mail: ylib@ylib.com